KB270347

봄날은 온다

봄날은 온다

초판인쇄일 | 2010년 05월 11일
초판발행일 | 2010년 05월 25일

지은이 | 김일권
펴낸곳 | 도서출판 황금알
펴낸이 | 金永馥
주 간 | 김영탁
디자인실장 | 조경숙
교 정 | 박옥경
제 작 | 칼라박스
주 소 | 110-510 서울시 종로구 동숭동 201-14 청기와빌라2차 104호
물류센타(직송 · 반품) | 100-272 서울시 중구 필동2가 124-6 1F
전 화 | 02)2275-9171
팩 스 | 02)2275-9172
이메일 | tibet21@hanmailnet
홈페이지 | http://goldegg21com
출판등록 | 2003년 03월 26일(제300-2003-230호)

ⓒ2010 김일권 & Gold Egg Publishing Company Printed in Korea

값 8,000원

ISBN 978-89-91601-83-3-03810

*이 책 내용의 전부 또는 일부를 재사용하려면 반드시 저작권자와 황금알
  양측의 서면 동의를 받아야 합니다
*잘못된 책은 바꾸어 드립니다
*저자와 협의하여 인지를 붙이지 않습니다

봄날은 온다

김일권 시집

황금알

| 自序 |

사랑으로 삼라만상을 만나면
생의 한 순간마다
그 가치와 의미가 새롭다
새벽이슬 머금고 조잘대는 풀잎을
사랑으로 만나고
외로운 숲길에 한줄기 바람을
만나 마음을 열고
삶에 지친 고단한 생의 하루
병든 몸 장애로 흔들리는 삶에도
사랑으로 만나면 위로가 된다

나의 시도 누군가를 만나
위로가 되고 희망이 되고
쉼이 되었으면 한다

2010년 4월
청계산 자락에서
김일권

차 례

3부

1부

동해의 해야

밤새워 흐르던 황톳물 소리
오늘 아침 까치소리에
해맑은 물줄기로 이제 다시 흐른다
눈부신 희망의 빛을 반짝거리면서

억만년의 세월을 삼킨다
눈물과 한숨, 온갖 주검들이
끝없이 흘러들어도
영원히 푸른 바다, 너 동해여
오늘 아침 옥동자를 낳았구나

아들아 솟아라, 하늘 끝까지
우리의 아들 해야, 거침없이 솟아라
흔들리지 말고 높이 떠올라
새 생명을 싹 틔우고
새 시대를 열어 축복의 나라를
만들어라

희망의 아들아, 하늘 높이 우뚝서서
생명의 빛을 비추어라
병든 자에겐 치료의 광선을
마음이 추운 자들에게는 사랑의 빛을
하늘을 보며 사는 자들에겐 또
삶의 미소를 가르쳐라
너 동해의 해야

비학산

봄 여름이 그렇게
지나가고
가을이 또 지나가면
어느새 긴긴 겨울밤
오직 꽃피는 봄날을
꿈꾸며 살아온 삶이
천년을 흘렀구나

동해에 떠오르는
아침 햇살이 눈부셔도
삶은 여전히 그렇고
그냥 높이 올라
훠이훠이 날갯짓하며
먼 바다를 바라보며
마음을 달래며
흘려보낸 세월

가냘픈 두 발을 평안히

딛고 고요하게 살 곳이
아우성치는 삶의 피투성이
붉게 물든 강물 되고
불타는 욕망들이 묘지의 숲을 이루고
깃발처럼 펄럭인다

날아라 새여
억만년 산으로
묶여 살았지만
이제는 천년의 한을 삼키고
그대 고고한 학으로
다시 일어나
동해를 향해
저 높은 태양을 향해
날아라 불사조여
물결 반짝이며 노래하는
저 푸른 동해를 향해

영일만 포항

바다와 강이 서로 만나
사랑으로 이룬 터전
영일만 포항

천년의 세월 동안
변방으로 외로워도
충절의 아름다운
유산을 이어받아

동해의 태양처럼
맑게 살아온 삶이여
가난해도 슬퍼도
오직 함께 모여
위로하고 나누며
살아온 충절의 고장

충절을 지키려다
유배된 자들의 쉼터요

피란지처避亂之處
쇠를 다루는 천민들이
긍지를 잃지 않고
의연하게 살아온 이 곳

앉을 곳과 쉬어갈 곳을
가리며 천년을 조심스레
함께 살아온 고고한 학이
마침내 날갯짓을 하는 구나

화랑들이 이어받은 비학산의 정기가
형산강의 찬란한 문화의 꽃을 피우고
이제는 영일만의 기적으로
포항제철로 용솟음치는데
마침내 그대는 동해를 향해
태평양 시대의 주인공으로 일어섰으니
그대는 이제 더이상 변방이 아니다

등대지기

외로운 등대하나
항구를 지킨다

거칠은 바다에 꿈을 싣고
떠나간 자식들
무사히 돌아올 때까지
어둔 밤 항구를 지킨다

행여 길 잃지 않을까
초롱불 심지 돋우고
망루에 올라
살피고 또 살핀다

비바람 폭풍 몰아치는
힘든 밤에도
눈보라 휘몰아치는
차가운 밤에도

불을 밝히고 기다린다
그렇게 기다리면서
세상 고독 다 이긴다

고향

잊을래야 잊을 수 없고
잊으려 하면 더욱 사무치는
고향의 산하 그리고
그림 같은 추억들

상처의 아픔은 기억 속에 살아있어도
이제는 더이상 상처가 아니다
유년의 상처는 진주조개
아름다운 추억으로 빛나리라

외면하고 지나려 해도
멈추는 발걸음
고향은 삶의 그루터기
언제든 지나치거든
그냥 지나치지 말고
잠시 쉬어가면 좋은 곳

고향마을은

세월이 변한다 해도
언제나 변함없이
사랑으로 기다리는
나의 영원한 어머니

모정의 땅 기북

도도히 흐르는 역사의 뒤안길에
말없이 스스로를 지키며 맑고 푸르게
살아 있는 자그마한 분지 기북
이 나라에서 가장 작은 고을 중 하나
하늘과 땅이 고요히 만나 삶을 이루고
평화를 만들고 사랑을 노래한다

천년의 세월이 흐르고 또 흘러도
언제나 변함없는 곳
하늘을 사모하여
솟아오른 산들이 숲을 이루었다

동으로 달뜨기 거산
그 너머
동해를 향해
높이 솟은 비학산
동남쪽으로 뻗어내린 학산

북쪽 성법령 줄기 따라 자금산
북서쪽으로 산성처럼 둘러싼
약동지 침곡산 태화산이 장엄하고
멀리 서남쪽엔 우람한 자태로 구름 거느리며
장비처럼 버티고 서 있는 운주산
세상바람 다 막고 서 있다

사방 어디를 둘러 보아도
산으로 에워쌓인 분지
산이 높고 계곡이 깊으니
냇물 흘러 샛강을 이룬다
성법령에서 은천호수까지
길게 흐르는 기북천은 생명의 젖줄
그 강변 좌우 산기슭에는
숲이 생기고 마을이 생겼다

고요한 산골 작은 마을들
어머니처럼 조용하다

골짜기 사이 저수지들이
햇볕에 반사 되어 반짝거리고
은천호수의 은빛물결 속 흔들리는
옥녀봉이 외롭고
가끔씩 울어대는 닭소리 개짓는 소리가
어디서든 들리고
어느 마을에선가 농악을 울리는 소리가 들리는
그런 평화로운 기북이
모정의 땅 기북으로 살아 있다

보릿고개

가을에 거둬들인
많지 않은 양식
겨울 지나면 바닥

봄날은 겨울보다
길고 멀기에
허기진 배 움켜잡고
낮에도 별을 본다

아!
보릿고개에는
봄꽃이 없다

첫만남

흙냄새 땀냄새 풀냄새
풍기는 산촌 기북 복골이
이 지구촌에서
나를 맞아준 말구유

화려한 왕가도 아니고
서러운 천민의 가정도 아닌
경주 김가의 노총각과
연일 정씨 여식이 만나서
이룬 가정 나의 요람

잊혀져 기억할 수 없는 어머니와의 만남
언제나 생생히 기억될 수 있는
아버지와의 만남은 복된 만남
내 유년의 악연 그 형과의 만남은
한의 샘을 만들었다

달빛 속에 만난 그 분

내 생명의 아버지
하늘 다리를 놓아 은하수길 되신 그님은
나의 희망 나의 기쁨
나의 능력 되신 그분
언제나 사랑으로 내 곁에 오셔서
나와 함께 하시네

복福골

집 앞에는 개천이 길게 흐르고
앞들에는 꿈같이 넓은 고랫들
뒷들에는 사래긴 밭 화짓들
이 마을 개울가 초가삼간 그곳이
내가 처음 만난 이 세상이다

뒷산을 막 오르면 가파른 코뜨박
산등성이를 따라 더 오르면 알푸자리,
윗푸자리 큰등말랭이 그 다음 달뜨기 산
그곳에 서면 비학산이 코앞이고
동해바다가 멀리 보인다

나이 세 살에 어머니를 사별한 어린것
알 수 없는 외로움에 집안을 맴돌고
골목길을 이리저리 다녀봐도 허전하고
외로운 밤을 사랑에 목말라 악몽을 꾸며
괴로워했던 유년은 우울하기만 했다

새벽 일찍 일어나시는 아버님
그 뒤로 들려오는 새벽 종소리
그 종소리를 들으며 미지의 세계를
동경하며 새로운 이상을 품었다
그리고 새로운 삶을 꿈꾸게 했다

약관의 나이에 고향을 떠나
온갖 풍상을 겪으며 열심히 살았다
고향을 잊고 살았지만 언제부터인가
내 삶의 요람인 복골은 꿈의 나라로
그리움으로 다가왔다. 그래서 펜을 들고 보니
복골은 내 문학의 산실이 되었고
마르지 않는 시심詩心의 근원이 되었다
그리고 복福된 고을, 복福골이 되었다

고향 하늘

고향의 밤하늘은
별들의 나라
하현달이 지고나면
더한층 빛나는 무한 스크린
아이맥스 영화관

도시엔 검고 어두운 하늘
아득히 사라지고
집집이 TV세트에서
하늘을 찾는다
사람이 만드는 그런 하늘을

고향의 여름은
하늘이 더 가깝고
칼국수 시원하게 먹고나서
앞마당 멍석 위에 누우면
수만 개의 채널이 어른거리는
우주쇼가 펼쳐진다

고향의 여름밤은
별들의 향연이 무르익고
하늘의 음악이 흐르고
은하수의 군무가
거산 달뜨기산에서
은천 옥녀봉으로 이어지고
운주산 너머 유성이 흐르면
일막이 끝이 난다

어제는 사자별이
오늘은 아가별 엄마별이
내일은 오리온과
북두칠성이 주인공으로
빛날 것이다
끝이 없는 무한한 별들의 쇼는
영원히 계속 될 것이다
내 고향 기북하늘에서

내 유년의 설날

차가운 겨울 바람이
간신히 살아 일렁거리는 호롱불을
수시로 흔들어 놓고
문틈 사이 문풍지가 윙윙거리는
가난에 지친 겨울은
그나마 그날의 기다림이 없었다면
그 얼마나 절망스러웠을까

기다리고 기다리던 그날
설날이 다가오면
설레는 마음으로 바빴다
내가 한 살을 더 먹으면
그만큼 더 빨리 어른이 되고
어른이 되면
힘있고 능력 있는 사람이 되어
많은 것을 알고 배우고
많은 문제를 해결할 수 있는
그런 사람이 되고 싶었다

그래서
한 살을 더 먹는다는 것은
큰 기쁨이었고 즐거운 일이었다

내 나이 한 살을 더 먹으면
언젠가 가난하고 피곤한 이곳을 떠나
넓고 넓은 세상으로 나가
남 보란듯이 성공하여
금의환양 할 수 있으리라는
생각을 하곤 했다

그렇게 설레는 마음으로 설날을
기다리면 동네 어디쯤엔가
펑펑 하는 튀밥기계 소리가
축제를 예고하고
좁은 이발소에서 줄을 서서
몇 시간씩 기다렸다가 간신히 머리를 깎고
1년 동안 묵은 때를 씻기 위해

도라무통에 뜨거운 물을 가득 채우고
들어가 때를 불리고
적당하게 준비된 돌멩이로
손과 발 다리를 밀면
아프기도하고 때론 피가 나기도 했지만
설날을 맞이하기 위해서는
그것은 즐거운 시간이었다

설날이 되면
일년 내내 허기진 배가
적어도 일주일은 행복하고
깨끗이 목욕한 몸에 새옷과 새양말을
신으면 왕자가 된듯
일가친척들이 이곳 저곳에서 모여들면
만남의 기쁨에 웃음꽃 피고
명절의 분위기는 더한층 무르익고
이 즐거운 밤을 지새며 잠을 설치고
설날아침 차례를 지내고 세배를 하고나면

동네 집집마다 다니면서 또 세배를 한다

이집 저집 어른들을 찾아뵙고 세배를 드리면
일년 내내 듣지 못하던 칭찬과 덕담
그 칭찬과 덕담을 듣는 것이 즐겁고
차려준 음식은
일일이 다 먹지 않고
챙겨와서 모으는 재미가 있었다

설날이 되면 사람들은 모두다 귀인
아무도 욕하지 않고
화내지도 않고 꾸지람도 하지 않고
그냥 친절하고 따뜻하고
얼굴은 아침햇살처럼 밝다

설날이 지나면
다시금 고달픈 일상으로 돌아온다
또다시 1년을

그렇게
기다려야 했다

나의 고향 기북

청솔 우거져 사계절 푸른 골
사방팔방 청산에 둘러싸여
평화의 연기가 구름으로
아름답게 꽃피는 내 고향

신라의 화랑들이 수련하고
신라의 왕들이 쉼을 얻었던 곳
충절의 의인들이 하늘과 땅을 만나
안식처로 삼아오던 충절의 땅이여

백학이 평화를 먹고 둥지를 틀고
산이 되어 영원히 사는 이곳에
비학산이 터를 잡고 동해를 바라보며
한민족의 그 많은 상처를 날개로 가리며
다가올 천년의 큰 꿈을 품에 안고
선학으로 날갯짓을 하는 곳

의병장 농포 정문부가 터를 잡고

마음을 달래며 삶을 의지했던 곳
고려의 충신들이 조선의 선비들이
은둔 피난처로 삼고 살았던 곳
이 민족의 마지막 충절이 이곳에
아직도 살아 숨쉬고 흐른다

어느날 밤
시뻘겋게 들이닥친 공산당들과
맞서 이름없이 산화한
젊은이들의 희생이 가슴에 사무친다

그 강과 개천이 아직도 그대로 흐르는
그 산과 계곡이 살아 있고
그 모습 그대로가 숭고하다

내 고향 기북이여
이 민족의 고향으로
그렇게 영원토록 그 자리를 지켜주소서

대기터

대기터는 고향의 관문
내 고향 기북의 보이지 않는
성의 출입문
잠시 멈추어 마음을
가다듬어 본다

천국의 계단
내 본향 가는 길
선조들이 육신을 묻고
고요히 잠들어 계신 곳

마을 뒷산 자락마다
선영들이 자리를 잡고
천년의 세월 동안
안식을 얻고 쉼을 얻는 곳

내 삶의 뿌리
이 길목에서 나는
과거와 미래를 생각해본다

옥녀봉

대기터를 막 지나면
왼쪽으로 은빛 잔잔한
은천호수가 평화롭다

그 뒤로 고즈넉하게
앉아 있는 아름다운 자태
말없이 반겨주는 그 모습
아!

그대는 때론 외숙모 같고
작은 어머님 같다가
이모처럼 보이기도 하는데
아마도 얼굴도 모르는 내
어머님일지도 모른다

고통古通

내 고향 기북에는
고통古通이란
마을이 있다

이 마을에 신라의 왕들이
자주 낚시를 즐기러 왔던
왕걸지 저수지가 있다
그래서 이곳이 처음에는
수고순통守古純通이라
왕이 자주 왕래하는 곳이
전국으로 통하는 곳이 되었다

그러나
민초들은 고통스럽기만 해
고통苦痛으로 불렀다

새터

기북의 다운타운 새 터
유행의 거리
내 추억의 맨하탄
브로드웨이

버스터미널 장터
미장원 양복점 이발소
오일장 열리면
남대문 시장

노래자랑 연극무대
가설극장 체육대회
스포츠 스타들에
처녀가슴 부풀고

가수 탈렌트
영화배우
꿈꾸는 젊은 청춘

낭만의 거리

아! 그 시절이 그립구나
새 시대를
꿈꾸던 그 때가

나의 멘토 형님
― 김일수 님 영전에

자식 따라 고향 떠나 고생만 하시다가
고향 돌아와 편히 쉬지도 못하고
자식 걱정에 시름없이
이산 저산 바라보며 사시다가
2009년 1월 26일 이 세상 떠나셨다

이 나라 건국 공신 아무도 몰랐지만
무공훈장 받은 이름없는 애국자
청운의 꿈을 품고 현애탄 건너 일본 유학시절
대동아전쟁 세계 제2차 대전 일본군에 강제징집
남양군도 지옥생활로 얻은 지병
조국에 돌아와 육사시험에 합격했으나
신체검사에서 탈락

그러나
여순반란사건 제주도 4.3사태
진압군으로 혁혁한 공로를 세웠고
6.25 참전 후 고향 기북에 돌아와

공산 공비소탕에 앞장서다
기습적인 방화로 온 집안이 불바다
자랑스런 제종 형님 나의 멘토

한들 낙천댁 장남
인물 좋고 기백은 사자
목소리 우렁차고
초등학교 가을운동회
언제나 교장선생님 옆에 앉아

추석 명절 체육대회 노래자랑
언제나 대회장 아니면 심사위원
바라보기만 해도 자랑스러운 나의 형님
60년대 사상계 잡지를 읽으시며
독서를 좋아하셨던 그 형님

서울에서 만나 직장을 소개하시며
장래를 걱정해주시던 그 형님

언제나 중시조中始祖* 감이라 칭찬하시며
격려를 아끼지 않으시던 형님

전곡에서 돼지를 키우시며
어렵게 사셔도 초인처럼 언제나
자긍심이 남달랐던 그 형님
어렵고 힘들어 찾아뵈오면
많이 힘들어 보이는데
내가 도움이 되지 못해 미안해 하시던
그 모습 그립습니다

나보다 연세 25세나 더 많으시고
장남이 나보다 세 살이 더 많아
자식 같아도 만나면 밤새워
이야기 하시던 그 형님

당신이 있었기에
오늘의 대한민국이 있고

제가 있습니다
이다음 그 나라에서 만날
그 때를 기다립니다

* 중시조中始祖 : 쇠퇴한 가문을 다시 일으켜 세운 조상

친구의 우울증

내 초등학교 친구는 우울증을
앓고 약을 먹고 있다

최근에 안 일이지만
그의 아버지는 6.25때
전사를 하였다
그 후 어머니는 친구를
큰 집에 맡기고
새 삶을 찾아 떠났다

1968년까지 6.25전사자
유자녀인 그에게는 1년에
14,000원의 연금이 지급되었다
(당시 성년의 연령을 만 18세로 하였기에)
성년이 된 후 그는 유자녀 연금을
받을 수 없게 되었다

그의 아버지의 소유였던

전답은 큰아버지 가족들이
일방적으로 소유 해버렸다

그는 부지런히 직장생활을
하여 연금 없이도 결혼하고
가정을 꾸리며 잘 살았다
그의 나이 40이 넘어
아버지의 국가를 위한 헌신에
대한 새로운 생각을 하게
되었다

만약 6.25때 남한이
북한 공산당에 패하였다면
오늘의 대한민국은
없는 것이다

북한에는 인권이 없다
수백만의 어린 아이들이

영양실조에 기생충에
고통스럽게 살고 있다

6.25의 잿더미 속에서
20세기의 기적의 나라로 우뚝 선
대한민국
21세기에 세계사를 주도할 나의 조국
6.25 민족의 제단에 목숨을 바쳐
제물이 된 그들의 희생이 없이는
불가능한 것이 분명한데

이 땅의 어떤 정치지도자들과
전후세대들은 이 6.25를 외면하고
북한의 주체사상을 동경하고
공산주의를 동족이라는 미명 아래
어깨동무를 하자고 한다

자유민주국가의 건국 초석은 6.25

공산주의로부터 이 땅을 지켜낸
잊지 못할 6.25 한국전쟁
수없이 많은 젊은이들이 목숨바쳐
지켜낸 이 나라

6.25 유가족에 대한 사회적 인식에 울화가
치밀어오르다 못해 친구는 우울증에 걸린 것
어디 친구 한 사람뿐일까!

친구 아버지는 6.25전쟁에 나가서
북한 공산당의 침략전쟁으로부터
이 나라를 지키기 위해 목숨을 바쳤다
그때문에 이 나라는 이토록
풍요를 누리고 있는데
이 나라 이 사회는 외면하는 데 익숙하다

자유대한을 지켜온 아버지
한번도 아버지의 얼굴도 보지 못했지만

어머니도 없이 살아온 그에게는
몸과 마음이 모두 상처투성이다

한평생 아버지 어머니를
단 한번도 불러보지 못하고
오순도순 살아가는 다정한 가정들을 보면
왠지 자꾸만 우울해지는 친구

내 아버지가 흘린 피
내 아버지의 나라를 위한 충성
그때문에 가난하고
그때문에 상처받은 것

그때문에 어머니마저 잃어버리고
내 친구는 오늘도 우울한 심신을
몇 알의 약에 의지하고 산다

우리는 행복하고
친구는 우울하다

2부

사랑의 길

사랑한다 말하고
사랑의 첫 계단 만들고
천 번을 말하고
천 개의 계단 만들면
사랑의 길 열리고
장미꽃 상처 아파 울어도
사랑한다 말하고
계단 하나 더 만들면
오작교 꽃구름 드높은데
사랑의 길 끝이 없어도
그 길 언제나 아름답다

민들레

길가에 민들레 싹을 내민다
밟히고 또 밟히면서
찢어지고 또 찢어져도
잎은 살아 나온다

살아야 하기에 엎드려
몸을 사리고
똑바로 일어서지도 못하고
앉은 듯이 그렇게 산다

그러나 따사로운 봄볕이 다가오면
꽃자루 하나 얼른 세우고
노란 꽃 하나 피워
평화의 꽃을 피운다

억압하는 모든 무리들을 향해
화해의 꽃을 피운다
용서의 꽃을 피운다

사랑의 미소를 보낸다

양민의 꽃을 피운다

그 승리의 꽃 자유의 깃발
민들레 홀씨 날개 되어
바람타고 지구촌 어디든지 날아가
그리고 엎드려 뿌리를 내린다

꽃창포

고요한 연못가에
새벽이슬 머금고
돋아나는 청초한 꽃창포
풀잎 사이로 바람이 속삭인다

우주를 유랑하다
떨어진 별 하나 이 세상엔
희망 없는 자식
바라보는 어머니의 가슴은 멍이 들고
고통의 꽃이 된다

어찌할 수 없는 멍에에
터져나오는 한숨을
속으로만 삭이는 어머니
눈가에 서리는 이슬방울

눈물 속에 바라보는 하늘
아침햇살로 내려와

한 송이 꽃으로 피어난다
진보라색 꽃으로

패랭이꽃

가냘프구나
그대여
이슬을 먹고 피어나는
한 송이 꽃으로
웃는구나

들녘을 휩쓸고 가는
바람에도
꺾이지 않는 의지로
작은 등불로 피는 꽃

잡초들의 수다 속에도
의연하게 솟아나는 삶이여
그대 눈웃음 속으로
평화의 깃발이 어른거린다

마디마디엔 또
세월의 아픔이 어려 있고

한뼘 더 솟아올라 기린처럼 외로워도
하늘 맴돌던 잠자리
다정한 친구로 입을 맞춘다

찔레꽃

왜 그리도 아픔이 많은가
그대는
가시로 가득한 괴로운 육신
고개 돌려 외면 당하는
서러움 속에서도
꽃을 피운다

뒤엉킨 가시넝쿨 위로
터져나오는 소망의 꽃망울 있고
그 아랜 또 이름 모를 새들의
둥지가 터를 잡고
사랑을 잉태한다

세월은 흘러 잠시
고통으로 뒤 엉킨 너
이제는 또다시
그 메마른 육체에 가시만이
앙상한데

그러나 그대는 말이 없다

지난밤 꿈속에서 나는 그대를 보았네
우리 주님의 머리 위에서
속죄의 피를 흘리게 하는
그 구원의 면류관을

어머니 얼굴

그대의 얼굴 속에
십자가가 있어도
모란꽃 미소가
흘러나온다

그대의 얼굴 속에
신음소리가 있어도
병약한 자식을 일으켜 세우는
사랑의 빛이 흘러나온다

그대의 얼굴 속에
끝이 없는 우주가 있으니
별들이 속삭이며 해와 달이
쉬어가는 낙원이 보인다

그대 얼굴은 바위 얼굴
오늘은 가슴에 묻고
내일을 여는
그 사랑이 가득하다

새벽을 기다리며

어둡기만 한 기나긴 터널
나만이 겪는 고통,
납덩이같이 무거운 짐을 껴안고
끝없는 어둠 속으로
이 한 몸 던졌다

문은 아예 절망으로 빗장을 지르고
소망 없는 아들과 함께
모든 것을 체념한 채로
깨어나지 않는 잠을 청해
이슬처럼 사라지려 했다

그래도 한 가닥 미련은 있었다
이젠 더 이상 필요 없을
장기를 기증하고 가족조차 모르게
길지 않은 생을 마치고자 했다

그러나 절망의 단애 위에서

움직일 수조차 없이 지쳐버린 육체
본능적으로 허우적거리는
그의 몸짓을 보시는 이가 있었다

고향을 등지고 가족을 외면한 채
정신없이 이끌려온 이곳은 어디인가
지금 이곳으로 인도하신 이는 누구인가
이곳에서 생명의 아버지를 만나게 되었구나

이제는 죽음을 기다리는 잠을
더이상 청하지 않는다
소망이 가득한 새로운 삶을 위해
새날을 맞이하는 새벽을 기다리며
행복한 꿈을 그리며 잠자리에 든다

그리고 새벽이면 주님께 달려간다
내 모든 짐을 주님 앞에 다 내려놓고
하염없는 눈물로 과거를 씻어버리면

여명처럼 솟아나는 희열을 맛본다
희망찬 하루가 새롭게 열린다

외롭지 않은 인생

퇴근길에 언제나 지나치는
백운 호수, 그 위에
잔잔한 물결이 평화롭고
그 속에 한 얼굴이 떠오른다
그대는 비너스
그대 앞엔 언제나 꽃이
초라했었다
사해를 호령하던 영웅의
목소리도 떨리는 나뭇잎으로
흔들렸다
바라보는 것만으로도
구름이 되고
천상의 노래가 되어 춤을 춘다
그대 앞에 선 내 모습
하늘 성전 앞에 무릎 꿇은 죄인
잡힐 듯 보일 듯 하며
호수를 맴도는 그대의 그림자
그대가 있어 나는 오늘도
퇴근길이 외롭지 않다

너의 곁에

바람이고 싶어라
너의 이마에 송알송알 매달린
그 땀방울 식혀주는
산들바람이고 싶어라

그늘이고 싶어라
너의 힘겨운 여행길에
한 그루 나무가 되어
잠시 쉬어갈 그늘이고 싶어라

빛이 되고 싶어라
길고 긴 외로운 밤 몸부림치는
너의 창가에 한 줄기
달빛이고 싶어라

그래
너 혼자 가려는 그 길
막을 수는 없겠지만

너의 뒤에 보이지 않는 그림자로
너의 곁에 너와 함께 언제나
그렇게 있으리라

6월의 장미

현란한 몸짓으로 노래하는
오월의 희망찬 숲속 그늘 아래
하얀 카네이션을 단
외로운 가슴은 어둡기만 했다

세월을 넘어 어느 6월의 아침
이슬 내린 그 숲 속에서
한송이 장미꽃으로 솟아난 사랑
희망의 넋으로 피었다

겹겹이 쌓인 삶의 연륜 속에
한입 가득 머금은 사랑
내 영혼을 일깨우는 향기
아침이슬로 더욱 아름답다

그대 앞에 멈춘 이 발길
시간도 멈추었다
그대 향해 내민 손길

번쩍이는 창으로 막는구나

새벽기도를 마치고 나오는 날
말없이 반겨주는 그대 모습 속에
핏 속에 유명을 달리한
내 어머니의 모습이 어른거린다

사랑을 그리며

님의 모습 그려보면
그윽히 취하는 행복의 향기
그대 미소 다가오면
녹아 내리는 삶의 상처

님이여 밤마다 오소서
밤마다 오소서
꿈속에라도 오소서
빛으로 오소서
외로워 그늘진 내 마음에
빛으로 오소서

별빛처럼 아련한
작은 반짝임
이제는
달빛으로 오소서
쓸쓸한 이 가을밤에
사랑으로 오소서

당신이 떠난
그 텅빈 자리엔
가을의 고독이
낙엽처럼 뒹굽니다

이별은

시집가는 새색시
윗마을에서 우물가 언덕길
내려오면서 울었다
우리 집 앞 지날 때
통곡하며 가는 길
눈물길

초등학교 졸업식장
잘 있거라 아우들아 정든 교실아
선생님 저희들은 물러갑니다
시골 초등학교 졸업식의
절정은 언제나
눈물바다

우리 누나 시집가던 날
예단짐 실은 소 몰고 따라 가는데
누나 친구 따라와 두 손 마주 잡고
훌쩍거리며 흐느끼던 길

슬퍼 가슴 아프고

내 어머니 꽃상여 나갈 때
며칠 후 며칠 후
요단강 건너가 만나리
동네 사람들 모두 다 울었는데
나만 좋아서 뛰어 다녔다
내 나이 세 살

요람

기다림 만큼이나 지루하고
견디기 힘든 고통의 세월
찬바람이 그렇고
배고픔이 그렇고
외로움이 그렇지 않았던가!

어른이 되면 행복할 것이라
생각하고 기다리고 견디어 온
세월 앞에 할 말이 없음은

마음껏 먹으면 행복할 것이라 생각했지
따뜻한 방에서 편히 잠잘 수 있으면
행복할 것이라 했지

그렇지만 가슴 속에 저며드는
그리움은 채워지지 않은 허공
사랑이 가득한 요람이 그립다
그러나 다시 안길 수 없도록

커버린 몸둥아리
마음은 언제나 그 사랑이 그립다

보리밭

혹한의 매서운 눈보라 속에서도
푸르름으로
거친 들판을 지키며
밟힘으로 더욱 굳센 삶

허기진 배를 졸라 메고
길고 긴 보리밭 고랑 바라보며
김을 매던 아득한 그 봄
우린 건빵 한 봉지로 사이좋게
즐거웠던 오누이

그렇게도 흔한 오색 꽃 한송이
피우지 못해도
반겨주는 이 없이 외면만 당해도
오직 푸르게만 살아온 삶

어허 둥실 바람아 불어라
춤추는 은빛바다

화려한 녹색 축제
아! 잠시 후면 또 황금빛으로
변할 너만의 세계를 그려본다

독수리가 난다

독수리가 난다
골짜기에서 불어오는
바람을 싫다하지 않고
높이 난다

독수리가 난다
시련의 바람을
친구로 사귀며
시원하게
높이 높이 날아오른다

독수리가 생각한다
벼랑으로 떨어졌을 때를
생각하면서
입가에 미소를 머금고
더 높이 난다

독수리가 내려다 본다

가장 높은 곳에서
풍요로운 삶을 찾는다
가장 낮은 밭고랑 사이를
그리고 저멀리 산 너머 바다를 본다

감나무에 매달린 달

구름 뒤에 숨었다가
어느새 우리 집 감나무 위에
내려 앉더니
소리 없는 빛으로 다가온다

감나무 가지 옆에 서서
나를 기다리며 늘 그렇게 웃고 있었는데
난 그때 너에겐
별다른 관심을 갖지 못했었지

넌 너무 많은 사람들을 좋아하니까
내가 가까이 하기엔 너무 멀어
아니 난 그땐 누굴 사랑한다는 것은
사치스러운 일로 생각했었지

너의 사랑을
정말 그 때는 알 수가 없었다
난 나대로 열심히
앞만 바라보고 살기도 힘들었지

난 밤에도 일을 해야만 하는
여유라곤 하나도 없는 처지었지

어느날 밤 나는 밤잠을 설치며
나의 미래에 대해 고민하고
넓은 세상으로 나가야만 한다고
고향을 떠나야 한다고

그때 저만큼 멀어져 간 그 모습
너무 아직도 생생한데
어둠이 내려앉은 도시에는
현란한 네온사인 불빛에
밤낮이 따로 없어 마음 둘 곳이 없다

돌아갈 수만 있다면
그때 너를 다시 만나
너와 나 우리 함께
그 긴 하천둑길을 밤새도록 걸으며
이야기 하고 싶구나

청산에 살자

도시의 빌딩숲
도토리 키 재기

차들의 질주 속
난쟁이 종종걸음

화려한 네온사인
촛불 하나 흔들리고

금 뺏지 싸움 속에
노숙자들 자리 싸움

하늘 찌르는 첨탑 아래
방황하는 영혼들

구름떼 같은 공연장
허공에 맴도는 마음들

어화 둥둥 닐리리야
청산에 살자

청산에 바람 불어도
새소리 흔들리지 않고

부러진 나무들 쓰러져 있어도
범나비 떼 함께 놀고

청산에
낙엽이 지면
긴 겨울 이불 되고

청산계곡 흐르는 눈물
사랑의 젖줄 평화의 노래
너와 나 우리
청산에 살자

난꽃

꽃잎 다섯 개 사이에
조그만 입술 내밀고
나를 보고 있다
입맞춤을 하고 싶은 걸까?

아내가 사다 준 난꽃
하루 종일 말없이
내 곁에 있다
작은 입술 내밀고서

사무실엔 빨간색
집에는 보라색
베란다에는 꽃이 진 동양란이 또
조용히 쉬고 있다

처갓집 가던 강원도 길가엔
이름 모를 들꽃들이
아내처럼 조그만 입술 내밀고

재잘거리고 있었다

오늘 아침 내 얼굴 앞에
문득 다가선 아내의 얼굴
그것은 다름 아닌
바로 그 난 꽃이었다

그대와 나

그대와 나는
푸른 바다를 향해
무지개가 떠 있는 산을 넘어
행복을 찾아 그렇게 떠났지

강물은 말없이 흘러도
그대와 만남은 운명
나만을 생각하며 살아온
지나간 날들이 행복한 꿈과는
거리가 멀었겠지만

지지고 볶고 싸운 날
미워 몸부림 칠 때도
아침저녁 한방 쓰며
함께 자고 먹고
같이 방귀 트고 살다보니

울분도 맺힌 한도

녹아내리고 발효되어
이제는 추억으로 먹기에 좋고
아직도 젊은 그대
가슴 설레는 내 여자

그대와 나 함께
아직도 가야할 길 먼데
그대가 가는 길에 난
시를 쓰는 마음으로
함께 가려한다네

사랑이*

사람들이 너의 사랑을
일시적 기쁨으로
삼으려 하기엔
너의 사랑은 너무 아름답고
내 삶엔 활력소가 된다.

사랑아
사랑받기 위해 뛰어다니는 너의 모습이 아름답다.
사랑으로 맞이하고
사랑으로 기뻐하고
사랑을 먹고
사랑으로 살아가는
너의 삶이 사랑이고
또 사랑을 낳고
사랑을 기르는 너의 삶이
그냥 말 그대로 사랑이구나

너를 사랑하고

함께 먹고 살았던 할머니와 딸이
하늘나라로
갔지만
너는 사랑으로 남아
사랑으로 사는구나

미움을 모르고
만남이 즐겁기만 하고
헤어짐은 또
다시 만남을
생각하고 아쉬워
침묵하는 너의 모습이
너의 이름 그대로
사랑이로구나

* 사랑이 : 농장에 함께 있는 개 이름

3부

진주조개

어릴 적 모래처럼
아주 작은 돌멩이 하나
육신을 파고들었다

세월은 강처럼 흐르는데
상처는 고통이 되어
울분이 되었다

그리고 인고의 세월 속에
다시 한이 되어
온몸 가득 퍼졌다

아프다 참는다
화가 난다 슬프다
기다린다

어느 날
고통이 가라앉은

그 자리에 구슬하나
진주가 자라고 있었다

자전거

동그라미 두 개가 만든
자전거
성공의 길이
여기에 있다고 말한다

앞만 보고
멀리 보고
멈추지 말고
밟고 또 밟아
생의 목표를 향해
나아가야만 한다고

멈추면 쓰러지는 것
방심하면
방향을 잃어버리고
뒤돌아 보면 안돼

외롭지만 홀로

그 길을 가야하는
나만의 길
My Way

누나야

누나야
우리 그렇게 꿈꾸었지
깊어가는 겨울 구들목
두툼한 솜이불 밑에
두 발 따끈히 넣고

날개 단 듯 날아갈 듯한
기와집을 짓고
이(쌀)밥 실컷 해 먹으며
옛말하고 살자고

누나야
그때 우리가 꿈꾸던 곳은
아마도 이 땅엔 없는 것 같아
쉰을 맞이해야 하는 오늘 나는 누나를 생각하며
두둥실 떠가는 구름만 쳐다본다

저 하늘에는 분명 누나와 함께

꿈꾸던 그 낙원이 있을 거야
누나야
길고 긴 세월 십자가 길을
걸어온 누나를 위해 마련된
그 행복의 집이 있을 거야

그래 누나야
우리는 하늘만 쳐다보며
살자

순종함으로 사랑 받아
기쁨이 되고
공경함으로 인격이 되어
반석 같은 삶의 터를 이루고
감사함으로 노래가 되어
행복한 복된 삶이여

믿음으로 따르고
섬김으로 배우고
존경함으로 보람이 되는
아버지 어머니
십장생 화려한 병풍
하나 없어도
만수무강하리라

나비야 날아라

좁쌀만한 동그란 알
징그러운 벌레 되었구나
보는 아이 도망 가고
피해가지만
번데기 번데기
나무 위로 숨고 숨어
굳어 버린 침묵의 세월
죽음의 시간들

죽음 속에 숨쉬는 생명
침묵에서 환희가
황금색 화려한 날개로
하늘을 나는구나

인고의 길고 긴 세월
외로움도 설움도
소외됨도 조롱도
인내로 살았구나

날아라 나비야
하늘 높이 날아라
오월의 하늘을

겨울 나무

이렇게 추울 수가
저멀리 태양이 있어도
왜 이렇게 추울까

친구들 있어도 말없이 외롭고
계곡의 물 흘러도
아직은 목마르다

그리움만 밤새도록 눈처럼 쌓이고
함께 기뻐하며 생각없이 놀았던 그 시절이
이토록 그리울 수가

하얀 목도리 모자
씌워주고 옷을 입혀줘도
덜덜 떨리는 이 겨울

나이테 하나를
더 만들기 위해

오늘의 이 고통을 참아야 하는가

언제쯤일까 나의 계절이 돌아오면
내 날개 달린 옷 입고
바람과 함께 춤추고 하늘을 날으리라

봄이여 어서 오라

봄이 온다는 것은
모든 사람들에게
희망이 아니었던가

아무리 힘들고 어려워도
때가 되면 그날은 오는데
왜 굳이 그렇게 기다리기만 해야 하나
준비된 등 하나 없이

봄에는 꽃만 피는 것이 아니고
씨앗이 있어야하고
거름도 있어야 하고
농기구도 준비 해두어야 하는데

진정 봄을 기다리는 그대는
정녕 신랑을 맞아
새 삶을 시작할
준비가 되어 있는가

잠시 춥고 힘들어도 그날의 영광이
기다리고 있기에
겨울은 다만
잠깐의 고통일 뿐

그날 아침 찬란한 그 부활의 아침
영원한 봄의 꽃동산이
준비된 그대를 위해
기다리고 있다네

봄날은 온다

구름같이 많은 사람들이
행복한 미소를 머금고
모여 들었던 그 포도원
마음껏 먹고
마음껏 즐거웠다
그 여름날과 풍성한 가을
어찌 잊을 수가 있으랴

그러나 매섭게 불어오는
시베리아 찬바람에 사람들은
하나둘 떠나가고
이 황량한 들판엔 외로움만 가득하고
고통의 시간들이
끝이 보이지 않는다

실오라기 하나 걸치지 않는
벌거벗은 몸으로
수치를 느낄 틈조차 없는데

사지는 얼어붙고
견디다 못해 정신을 잃고
쓰러져 죽어가면서도
봄날은 온다는 믿음으로
고요히 잠들었다

아직도 봄은 먼 듯한데
농부는 과수원을 지켜본다
죽음 같은 추위 속에서도
굳세게 서 있는 나무들을 어루만지며
잘 견디었다
조금만 더 기다리면 돼
꽃피고 새가 노래하는
그날이 오고 있어
봄날은 반드시 오는 거야

저 높은 곳을 향하여

위의 것을 바라보라
위의 것을 찾으라 하신다
그곳에는 변함없는 사랑이 있다
기쁨이 있다
평화가 있다

그곳에 가려면 땅엣 것을 버리라 하신다
에로스적 사랑도
소유적 욕망도 버리라 하신다
그리고 썩어 흙이 될 몸뚱아리에 대한 집착을
버리라 하신다

위에 계신 분과 사귀라 하신다
그분의 말씀에 귀 기울이고
그분과 대화를 하라 하신다
그리고 그분과 함께 동고동락하며
그렇게 매일 천상의 삶을 이 땅에서
살아라 하신다

그분과 함께 이 세상을 사랑하라 하신다
힘들고 어렵게 사는 사람들과 친구되어
살라 하신다 약자와 함께 살라 하신다
어렵고 힘들어도 그렇게 나누며 살라 하신다
울며, 눈물을 흘리면서도 그렇게 살라 하신다

친구로 살자

너와 나 우리 함께 친구로 살자
외롭고 슬플 때 위로가 되고
기쁘고 즐거울 때 함께 기뻐할 수 있는
아껴주고 감싸주는
그런 친구가 되어보자

그래서
너와 나 손잡고
영원히 변치 않는 친구가 되어
만나면 즐겁고 헤어지면 아쉬웁고
생각하면 그리운
그런 친구로 살자

거친 바다 거친 파도 이 험한 세상이
아무리 힘들어도
너와 내가 친구로 살면
두려울 것 없으리
오늘도 나는
눈에 어리는 그 친구를 생각하고 바라보면서
힘든 세상 넉넉히 이긴다

십자가의 길

골고다 언덕길 멀고
뼛속 깊이 파고드는
상처를 삼키며
땀처럼 흘리는 핏방울 방울

어깨에 지워진 십자가
때로는 하얗게
때로는 검푸르게
쓰러지다 못해 다시 일어선다

친구 떠난 설움에 홀로 외로워
이젠 아무 것도 느낄 수 없다
주저앉을 수도 뒤돌아갈 수조차 없고
마지막 죽음의 그 순간까지
꿈틀거리며 참아야 하는 지렁이

산천을 떨게했던 진리의 외침
지금은 무거운 침묵만 가득한데

도살장으로 끌려가는 제물
죽음의 길 한 걸음 멀기만 하구나

아들의 당하는 그 고통 보다 못해
고개 돌린 아버지
생명, 뭇 생명을 살리시는
아버지의 사랑은
골고다 언덕 너머 새 하늘에
솟아오를 아침해를 그려본다

갈등

사랑으로 지는 십자가
내 주님 따르는 길
외로워 눈물 고여도
구름 같은 증인들의 속삭임에
나는 언제나 하늘을 본다

미워, 분노하는 마음에는
어둠의 자식들이 친구로 다가와
복수를 하잰다 영화처럼
이 검은 영들의 죽음의 파티에
초대장이 화려하다

봄 여름 가을 겨울
언제나 감사하고
기쁨으로 일하면
마음의 기쁨 언제나 밝고
하늘의 축복이 눈처럼 쌓인다

이래도 저래도 불평
찡그리는 삶에는
게으름이 자리잡고
되는 일 안되는 일 없이
얻는 것도 잃는 것도 없는
구름 같은 나그네

님을 그리는 향기
마음이 평화롭고
사랑으로 기다리는 인내
분을 삭이는 십자가
어느새 내 곁엔
천사들이 춤을 춘다

연

날고 싶다
하늘 끝까지
그래서 나는 연을 날린다

날아라 하늘 높이
바람타고 더 높이
날아라
멀리 멀리 더 멀리

구름까지 날아라
산 너머 동해가 보이도록

날고 싶다
엘리야처럼 회오리바람 타고
날아가고 싶다

생生의 하루

어둠이 잠든 세상에
고요히 새벽이슬 내리면
어둠은 안개되어 사라지고
먼산 위로 수줍은 여명이
고개를 든다

새벽을 일깨우는 기도소리
하늘에 닿으면
24장로들의 노래와 함께
태양은 빛을 몰고
세상을 연다

산에 들에 쏟아지는
눈부신 햇살에
노고지리 하늘 높이 노래하고
방울방울 이슬이 모여
시냇물 이루고 계곡으로 흘러
강으로 흐른다

생명이 숨쉰다
생명이 노래하며 춤을 춘다
살아있는 모든 것들이
하늘을 향해 더 사랑받기 위해
쉼 없이 솟아오른다

어느새 서산에 기우는 태양이
집을 찾아 뒷모습을 보이면
나그네 그림자 땅끝에 이르고
세상은 또다시
어둠에 함락된다

빛을 잃어버린 마음들이
내일 또다시 솟아오를 태양을
그리며
오늘과 내일을 이어가는
꿈의 나라로 빠져든다

영혼을 일깨우는
천상의 바이올린 소리
내 마음을 채우면
세상에 지친 이 육신
사랑으로 어루만지는 손길을
느낀다

새벽종

아직도 어둠이 가득한데
새벽종이 울린다
땡그랑 땡– 땡그랑 땡–

고요한 산골에
새벽종이 울리면
어둠은 슬그머니 꼬리를 감추고
산 너머 여명이
고개를 내민다

지난밤 소리없이 내린
밤이슬 세례
지나간 허물과 설움
다 잊고 오늘 새롭게 살라 하신다

새 하늘이 열린다
새 땅이 열린다
땡그랑 땡– 땡그랑 땡–

정녕 죽게 하소서

먹구름이 하늘을 덮었습니다
천둥소리가 가득하고
번개가 뱀의 혀처럼
낼름댑니다
비바람이 하늘과 땅을
마구 휩쓸었습니다
땅이 혼란합니다
집이 흔들립니다
죽음의 아우성이
소용돌이 치고 있습니다

바람아 잔잔하라
주님 일어나 호통을 치시니
먹구름이 분노를 삼켰습니다
사탄의 군무가 물러갔습니다
하늘엔 희망의 구름이
하얗게 피어오릅니다
쓰러졌던 풀잎 사이로

생명이 기지개를 켭니다
산들이 하늘 보며 노래합니다
나무들이 구름 속에서
모습을 막 드러낸 해를 보고
박수를 칩니다

주님 당신은 평화를 만드시는군요
내 마음에
주님 당신은 사랑을 만드시는군요
내 가정에
주님 당신은 거친 욕망을 따뜻한 삶으로
만드시는군요
내 일터에

주님 우주를 흔드는 그 혼란 속에서
당신은 정녕 십자가 위에서
말없이 생명을 바치셨지요

주님 나 또한
이 세상 송두리채 흔드는
광란 속에서
오직 내게 주신 이 멍에 십자가를 지고
죽게 하고서
사랑으로 죽을 수 있게 하소서
부활의 아침을 기다리며
정녕 죽게 하소서

유오디아

음악과 함께 걸어온 길
때론 외롭고 힘들어도
음악을 사랑하여 하나 둘
그렇게 모여든 사람들
그 만남이 노래되어 아름답구나

노래가 좋아 모여든 사람들
사랑으로 함께 부르는 노래
유오디아는 주님의 향기
노래로 마음의 창을 열고
노래의 향기로 그마음 채우네

주님의 제단에 가득한 향기
그 보좌 앞에 드리면
주님 얼마나 기뻐하실까
찬양 속에 임하시는 주님
내 마음속 얼음하나 녹여주시고

숨어 잠자던 영혼들
하나 둘 일깨우고 또 일깨워
뜨거운 가슴 얼싸 안고
노래하는 열두 사람
주님의 향기 유오디아 중창단

■ 해설

확고한 시 정신으로 삶의 의미 더해

이 성 교(시인 · 문학평론가)

1. 동해의 해 떠오름과 함께 새 빛을 찾아

한 시인의 시세계를 알자면 반드시 그 시인이 살아온 역사를 알지 않으면 안 된다. 그 시인이 어떤 사람인가를 먼저 안다는 것이 그 시인의 속 깊이를 꿰뚫는 지름길이 되는 것이다.

그래서 여기에는 그 시인의 출생과 성장관계, 교육관계 더 나아가서는 사상까지도 더듬어 그 영향을 알아내는 것이다.

이것은 더 크게 한 시인의 연구에서는 필수적으로 따라야 할 예비적 고찰인 것이다. 이런 큰 전제에서 시의 해설분야에서도 그의 살아온 역사가 연결되어 있는 것이다.

우선 그의 시를 보면 그의 발자취와 냄새와 색깔이 보인다.

밤새워 흐르던 황톳물 소리
오늘 아침 까치소리에
해맑은 물줄기로 이제 다시 흐른다
눈부신 희망의 빛을 반짝거리면서

억만년의 세월을 삼킨다
눈물과 한숨, 온갖 주검들이
끝없이 흘러들어도
영원히 푸른 바다, 너 동해여
오늘 아침 옥동자를 낳았구나

아들아 솟아라, 하늘 끝까지
우리의 아들 해야, 거침없이 솟아라
흔들리지 말고 높이 떠올라
새 생명을 싹 틔우고
새 시대를 열어 축복의 나라를
만들어라
―「동해의 해야」 일부

'동해'를 그냥 바라본 것이 아니라 동해를 가슴에 품고 속에 이는 아름다움을 자연스럽게 표출한 것이다.

"영원히 푸른 바다, 너 동해여 / 오늘 아침 옥동자를 낳았구나"

여기 나오는 '동해'는 작자인 김일권 시인과 관련이 있다.

넓은 의미로는 모든 사람에게는 그 사람의 행동과 표현에서 그 역사를 막연하나마 더듬을 수 있다.

이러한 심층적 구조를 중시하여 영국의 생물학자이며 소설가 허드슨(Hudson, William Henry)은 예술의 기원을 더듬는 글 가운데 표현 본능을 중시했다.

위에서 예시한 시 「동해의 해야」를 보더라도 다분히 그의 성장, 생활과 희미하나마 연결해 볼 수 있는 것이다.

실제로 자세히 캐들어가면 그의 고향은 바다와 연결되어 있는 포항이다 바다를 둘러싼 오랜 잠재의식이 시로 나타난 것이다.

그렇다고 해서 흔히 바다를 배경으로 한 어촌생활을 노래한 것도 아니면서 그의 고향의식의 시에서는 지역 특성상 바다를 배제할 수 없는 것이다.

그 바다는 항상 넓은 마음을 안겨주어 진취의 무대가 되는 것이다 이 바다를 염두에 둔 생각은 같은 고향의식의 시「비학산」에도 나타나 있다.

"동해에 떠오르는 / 아침햇살이 눈부셔도 / 삶은 여전히 그렇고 / 그냥 높이 올라 / 훠이훠이 날갯짓하며 / 먼 바다를 바라보며 / 마음을 달래며 / 흘려보낸 세월"

이 바다를 실제 생활보다는 정신적 배경으로 하여 그의 시는 끝까지 무지개 같은 꿈과 희망을 열망했던 것이다.

누구에게나 고향은 다 아름다운 곳이겠지만 김일권 시인의 고향은 그의 생활상 더 많은 괴로움이 있었던 것이다. 그렇기 때문에 청소년시절부터 고향을 떠나 살면서도 고향에 대한 집착이 그리 많지 못했다고 그의 생활수기에서 고백한 적이 있었다.

유년시절 남들이 겪지 못한 어려움 때문에「고향」이란 시에서 그 괴로움을 실토하고 있는 것이다.

잊을래야 잊을 수 없고
잊으려 하면 더욱 사무치는

고향의 산하 그리고
그림 같은 추억들

상처의 아픔은 기억 속에 살아있어도
이제는 더이상 상처가 아니다
유년의 상처는 진주조개
아름다운 추억으로 빛나리라

외면하고 지나려 해도
멈추는 발걸음
고향은 삶의 그루터기
언제든 지나치거든
그냥 지나치지 말고
잠시 쉬어가면 좋은 곳

고향마을은
세월이 변한다 해도
언제나 변함없이
사랑으로 기다리는
나의 영원한 어머니
　　　　　　　　—「고향」 전문

　김일권 시인은 고향을 "나의 영원한 어머니"라고 하면서 어릴
때 겪던 일로 다시 되돌아보고 싶지 않다고 했다. 그래서 1연에
"잊을래야 잊을 수 없고 / 잊으려 하면 더욱 사무치는 고향"이라
고 했다.

그러나 고향은 늘 그리운 곳, 추억이 꽃처럼 열린 곳이어서 살아있는 한 잊을 수 없는 곳이다. 그래서 "상처의 아픔은 기억 속에 살아 있어도 / 이제는 더 이상 상처가 아니다" 라고 긍정적으로 노래했다.

그의 문학정신에 잘 나타난 고독의식도 알고 보면 여기에서 비롯된 것이다.

이런 전제에서 그의 시는 생활의 아픔을 잘 담은 시로서 독특한 시의 색깔로 꽃피워 왔다.

아무리 어려워도 좌절하지 않고 앞의 시 「동해의 해야」에서 보듯이 언제나 새로운 희망을 내세워 아름다운 이상을 추구했던 것이다.

그의 시론은 확고했다 무엇보다 시는 깨끗하고 진실한 마음을 담아야 하는 것이라고 — 즉, 시의 순수주의를 앞세우고 이때까지 시를 써온 것이다.

엄격히 따져서 그의 문단 출발은 1991년도 『문학공간』지에서 추천을 받고 나오면서부터이다. 그러면서 그는 아동문학에도 관심을 갖고 동시, 동화도 함께 썼다. 그의 시에 소박미와 진실함과 아름다움이 감추어 있는 것도 동심의 표현 때문이었다.

그는 오랜 시 수련 끝에 첫 시집 『눈물 속에 꽃핀 사랑』을 상재했다.

시 「눈물 속에 꽃핀 사랑」에 나타나 있는 대로 딸의 뇌성마비로 충격을 받고 큰 사명감에서 발달장애아동 치료교육을 하고 있다. 특히 식물과 동물을 매개체로 하여 정신적으로 치유하는 방법은

재활교육에 큰 결과를 낳았던 것이다.

지금도 큰 사명감으로 한국특수요육연구소를 운영하고 있다.

그 어려운 가운데서도 시를 꾸준히 써서 그 나름의 독특한 시세계를 보여주고 있다. 첫 시집(1994)을 낸지 16년만에 제 2시집을 상재하게 된 것이다.

첫 시집의 세계가 주로 딸의 뇌성마비로 사랑과 아픔을 많이 노래했다면 이번 시집에서는 훨씬 그 세계가 넓어 자연의 아름다움과 인생의 고뇌와 영원한 사랑을 많이 노래했다.

2. 절망, 고뇌 속에서 피워낸 꽃

비바람 뒤에는 반드시 햇빛이 나서 좋은 세상이 온다. 그러므로 고난은 좋은 것이다. 그 어려운 역사 속에서 온갖 이야기를 꽃 피울 수 있는 것이다.

그러나 그 어려운 역사를 경험하더라도 거두는 열매가 영원한 것이냐, 순간적이냐가 문제가 되는 것이다. 뚜렷한 인생관에서 한 목표를 향해 어려움을 겪는 것은 좋은 것이다.

김일권 시인은 일찍이 십자가의 도를 깨닫고 저 높은 곳을 향하여 살았던 것이다.

위의 것을 바라보라
위의 것을 찾으라 하신다

그곳에는 변함없는 사랑이 있다
기쁨이 있다
평화가 있다

그곳에 가려면 땅엣 것을 버리라 하신다
에로스적 사랑도
소유적 욕망도 버리라 하신다
그리고 썩어 흙이 될 몸뚱아리에 대한 집착을
버리라 하신다

위에 계신 분과 사귀라 하신다
그분의 말씀에 귀 기우리고
그분과 대화를 하라 하신다
그리고 그분과 함께 동고동락하며
그렇게 매일 천상의 삶을 이 땅에서
살아라 하신다

그분과 함께 이 세상을 사랑하라 하신다
힘들고 어렵게 사는 사람들과 친구되어
살라 하신다 약자와 함께 살라 하신다
어렵고 힘들어도 그렇게 나누며 살라 하신다
울며, 눈물을 흘리면서도 그렇게 살라 하신다
―「저 높은 곳을 향하여」 전문

우선 이 시는 하늘나라에 가자면 그분의 말씀을 지켜 올바르게
행하라고 했다.

첫 연에서 위의 것을 찾으라고 전제하고, 둘째 연에서 "그곳에 가려면 땅엣 것을 버리라 하신다 / 에로스적 사랑도 / 소유적 욕망도 버리라 하신다 / 그리고 썩어 흙이 될 몸뚱아리에 대한 집착을 / 버리라 하신다" 셋째 연에서 "위에 계신 분과 사귀라 하신다 / 그분의 말씀에 귀 기우리고 / 그분과 대화를 하라 하신다 / 그리고 그분과 함께 동고동락하며 / 그렇게 매일 천상의 삶을 이 땅에서 / 살아라 하신다"고 구체적으로 들고 있다.

위 시는 믿는 사람의 도리를 아주 쉽게, 감동적으로 노래했다. 즉 뚜렷한 소망, 믿음을 가지고 이웃을 사랑하며 땅의 헛된 것을 버리고 살라는 것이다.

이런 신앙의 시로 여러 편이 있지만 「십자가의 길」은 그 중에서도 대표적인 시다.

골고다 언덕길 멀고
뼛속 깊이 파고드는
상처를 삼키며
땀처럼 흘리는 핏방울 방울

어깨에 지워진 십자가
때로는 하얗게
때로는 검푸르게
쓰러지다 못해 다시 일어선다

친구 떠난 설움에 홀로 외로워
이젠 아무 것도 느낄 수 없다

주저앉을 수도 뒤돌아갈 수조차 없고
마지막 죽음의 그 순간까지
꿈틀거리며 참아야 하는 지렁이

산천을 떨게했던 진리의 외침
지금은 무거운 침묵만 가득한데
도살장으로 끌려가는 제물
죽음의 길 한 걸음 멀기만 하구나

아들의 당하는 그 고통 보다 못해
고개 돌린 아버지
생명, 뭇 생명을 살리시는
아버지의 사랑은
골고다 언덕 너머 새 하늘에
솟아오를 아침해를 그려본다
　　　　　　　　—「십자가의 길」 전문

　여기에서 보이는 '골고다' '핏방울' '죽음'은 예수의 사랑을 표현
하는 극도의 표현이다.
　그것이 일상생활로 이어져 늘 머릿속에 새벽종으로 울리는 것
이다 실제「새벽종」이란 시에서 실감있게 잘 나타내고 있다.

　고요한 산골에
　새벽종이 울리면
　어둠은 슬그머니 꼬리를 감추고
　산 너머 여명이

고개를 내민다

지난밤 소리없이 내린
밤이슬 세례
지나간 허물과 설움
다 잊고 오늘 새롭게 살라 하신다
—「새벽종」 일부

'새벽종'의 이미지는 어둠 가운데서 '일깨움'의 의미를 더해준다 이것이 믿음생활인 것이다.

이 시에서 재미 있는 것은 새벽종이 울리는 공간은 "고요한 산골"이라는 데 더욱 의미가 있는 것이다. 표현도 아주 쉽게, 정겹게 나타내고 있다.

"고요한 산골에 / 새벽종이 울리면 / 어둠은 슬그머니 꼬리를 감추고 / 산 너머 여명이 / 고개를 내민다" ― 같은 것이 그 대표적이다.

여기에서 얘기하는 '여명'은 새 빛으로서 믿음의 마음인 것이다. 그래서 제일 끝 연 "새 하늘이 열린다 / 새 땅이 열린다"고 끝맺음을 한 것이다.

3. 자연 속에서 새로운 의미 가꿔

인간은 땅에서 삶을 영위하면서 자연에서 큰 힘을 얻는다. 하

늘의 태양과 달, 별들의 움직임, 땅에서의 온갖 자연 — 여기에
서 온갖 변화가 일기도 한다.

그렇게 보면 모든 예술은 인간의 삶과 더불어 자연에서 생겨난
것이다.

인간의 정신관계를 고려할 때 그 자연이 어떠하냐가 문제가 되
는 것이다. 즉 같은 자연이되 출생·성장 환경에 따라 그 정신의
양상도 달라지는 것이 사실이다.

한마디로 김일권 시인은 고향의 시인이라고 명명할 수 있다.
그의 시에 자연이 배경이 된 시가 많다. 그의 향수의식은 고향의
산「비학산」을 노래한 데서 잘 나타나 있다.

가냘픈 두 발을 평안히
딛고 고요하게 살 곳이
아우성치는 삶의 피투성이
붉게 물든 강물 되고
불타는 욕망들이 묘지의 숲을 이루고
깃발처럼 펄럭인다

날아라 새여
억만년 산으로
묶여 살았지만
이제는 천년의 한을 삼키고
그대 고고한 학으로
다시 일어나
동해를 향해

저 높은 태양을 향해
날아라 새여
물결 반짝이며 노래하는
저 푸른 동해를 향해
　　　　　—「비학산」 일부

　이 시에서는 제일 처음 '비학산'을 둘러싼 고향의 사계를 노래하고 그 다음 학의 웅비를 노래했다.
　이 시 속에서 "이제는 천년의 한을 삼키고 / 그대 고고한 학으로 / 다시 일어나 / 동해를 향해 / 저 높은 태양을 향해 / 날아라 새여" 같은 것이 그것을 잘 말해주고 있다.
　이 시를 비롯한 많은 시에서는 고향의 자연을 빌어 더 많이 인생을 노래하고 있다.
　그러므로 그의 자연은 단순한 서경으로서의 자연이 아니라 인생의 아픔과 눈물과 환희가 깃들여져 있는 자연이다.

실오라기 하나 걸치지 않는
벌거벗은 몸으로
수치를 느낄 틈조차 없는데
사지는 얼어붙고
견디다 못해 정신을 잃고
쓰러져 죽어가면서도
봄날은 온다는 믿음으로
고요히 잠들었다

아직도 봄은 먼 듯한데
농부는 과수원을 지켜본다
죽음 같은 추위 속에서도
굳세게 서 있는 나무들을 어루만지며
잘 견디었다
조금만 더 기다리면 돼
꽃피고 새가 노래하는
그날이 오고 있어
봄날은 반드시 오는 거야
—「봄날은 온다」 일부

이렇게 추울 수가
저멀리 태양이 있어도
왜 이렇게 추울까

친구들 있어도 말없이 외롭고
계곡의 물 흘러도
아직은 목마르다

그리움만 밤새도록 눈처럼 쌓이고
함께 기뻐하며 생각없이 놀았던 그 시절이
이토록 그리울 수가

하얀 목도리 모자
씌워주고 옷을 입혀줘도
덜덜 떨리는 이 겨울

나이테 하나를
더 만들기 위해
오늘의 이 고통을 참아야 하는가
　　　　　　　　—「겨울나무」 일부

  이 두 시에서 보더라도 평범한 자연의 시가 아니다. 두 시 다 하나의 성취를 위해서 큰 시련이 있었음을 보여주고 있다.
  「봄날은 온다」에서 "견디다 못해 정신을 잃고 / 쓰러져 죽어가면서도 / 봄날은 온다는 믿음으로 / 고요히 잠들었다"의 굳은 의지와 소망, 「겨울나무」에서 죽음 같은 추위 속에서도 '나이테 하나를 더 만들기 위해' '고통'을 잘 참고 견딤을 노래했다.
  이와 같이 자연은 우리의 마음을 위안해주고 희망을 주고 사랑을 주는 어머니이기도 하다.
  그는 이와 같은 자연관을 가지고 늘 인생을 관조했던 것이다. 그래서 그의 자연은 그의 마음(사상)을 잘 드러내는 표현의 대상이기도 했다.
  그의 자연시에는 유난히 꽃이 많이 등장되고 있다. 「찔레꽃」「꽃창포」「패랭이꽃」「장미」 등.
  이 꽃노래에서도 각각 의미가 있다.
  「찔레꽃」에서 '육체의 아픔 속에서 피어나는 사랑' '속죄의 피' '구원의 면류관'.
  「꽃창포」에서 '하늘을 향해 가슴을 연 의젓한 모습' '상처 입은 가슴에 피워 올리는 고통의 꽃봉오리'.

「패랭이꽃」에서 '의연하게 솟아나는 삶' '꺾이지 않는 의지' '평화의 깃발'.

「장미」에서 '영혼을 일깨우는 향기' 등 특성을 드러내는 그 형상화 과정이 보다 뚜렷했다.

이런 자연관으로 생물·무생물 할 것 없이 눈에 보이는 모든 자연이 하나님의 창조로 되어 있음을 깨달았다.

거기에 이 시인은 애정을 더해 시세계를 넓혔다.

4. 확고한 시 정신으로 삶의 의미 더해

모든 것은 뚜렷한 목표에서 성숙해야 한다.

이런 원리로 볼 때 김일권의 시도 오랜 시의 수련 속에서 많이 발전해 왔다. 그의 시가 모진 역사 속에서 피워낸 꽃이라고 생각할 때 큰 산을 넘어온 오늘의 시세계는 다양한 빛을 띠워 왔다. 그만치 그의 시는 눈물과 고통과 아픔과 소망과 환희가 뒤섞인 다양한 시라고 할 수 있다.

> 그대는 비너스
> 그대 앞엔 언제나 꽃이
> 초라했었다
> 사해를 호령하던 영웅의
> 목소리도 떨리는 나뭇잎으로
> 흔들렸다

바라보는 것만으로도
구름이 되고
천상의 노래가 되어 춤을 춘다
　　　―「외롭지 않은 인생」 일부

　이 시는 어느 날 호숫가에 피어있는 꽃을 보고 살아온 인생을
반성한 시다. 그 꽃을 비너스에 비유하고 그 꽃처럼 살기를 원했
다. 그리하여 "바라보는 것만으로도 / 구름이 되고 / 천상의 노래
가 되어 춤을 춘다"고 흠모했다.
　김일권의 다양한 시에서는 항상 현재와 미래 사이에서 갈등을
느꼈던 것이다. 그러나 그 갈등 속에서도 길은 언제나 환한 것이
었다. '감사의 길' '기쁨의 길' '사랑의 길'이 늘 무지개처럼 뻗쳐
있었던 것이다. 여기에 '외롭지 않은 인생'이 있었던 것이다. 그
인생에는 늘 큰 웃음으로 맞아주는 '임'이 있었던 것이다.

　날고 싶다
　하늘 끝까지
　그래서 나는 연을 날린다

　날아라 하늘 높이
　바람타고 더 높이
　날아라
　멀리 멀리 더 멀리

　구름까지 날아라

산 너머 동해가 보이도록

날고 싶다
엘리야처럼 회오리바람 타고
날아가고 싶다
　　　　—「연」 전문

그는 이 시에 보이는 대로 '임' 가까이 가기를 원했다. 이 시 제일 끝에 "날고 싶다 / 엘리야처럼 회오리바람 타고 / 날아가고 싶다"는 아주 감동적이다.

이러한 확고한 시 정신에서 그의 시는 삶의 의미를 잘 담으면서 알찬 성숙을 꾀해 왔다. 그의 독특한 시 형식을 따로 논의할 필요 없이 그의 시 구조나 표현 면에서도 알찼다. 그래서 그의 시는 뛰어난 표현 속에 쉽게 읽히어 큰 감동을 주었다.

이렇게 볼 때 그의 시는 남다른 체험으로 오랫동안 시를 써서 확고한 시 정신으로 삶의 의미를 더해 주었다.